当代诗人自选诗

冤家语

孔灏 著

中国书籍出版社
China Book Press

图书在版编目(CIP)数据

冤家语 / 孔灏著 . — 北京：中国书籍出版社，2019.4

ISBN 978-7-5068-7231-7

Ⅰ.①冤… Ⅱ.①孔… Ⅲ.①诗集—中国—当代 Ⅳ.① I227

中国版本图书馆 CIP 数据核字（2019）第 027544 号

冤家语

孔　灏　著

图书策划	成晓春　崔付建
责任编辑	成晓春
责任印制	孙马飞　马　芝
出版发行	中国书籍出版社
地　　址	北京市丰台区三路居路 97 号（邮编：100073）
电　　话	（010）52257143（总编室）（010）52257140（发行部）
电子邮箱	eo@chinabp.com.cn
经　　销	全国新华书店
印　　刷	三河市华东印刷有限公司
开　　本	880 毫米 ×1230 毫米　1/32
字　　数	70 千字
印　　张	7.25
版　　次	2019 年 4 月第 1 版　2019 年 4 月第 1 次印刷
书　　号	ISBN 978-7-5068-7231-7
定　　价	45.00 元

版权所有　翻印必究

目录 / Contents

第一辑　无限事

002　和你在佛前上一炷香
004　小野菊
006　某次微笑
008　在电话线的另一端
010　回到一个海边小镇
012　旧长椅
014　千颗星
016　和你看雪
018　月明之夜
020　早已不再轻易地让雨水打湿脸庞
022　从此醉
024　在月河听《心经》

025	在夜半苍茫
026	对你的思念是咸的
028	带我去看两棵树
030	广济寺
032	我请你来看我家的雪
034	无量山上的月亮
036	想起大理茶花
037	和雪交换白
039	记得月光
041	风这么好
042	秋天到了
044	一直在明月之外皎洁
045	雨夹雪
047	有多久了
048	午后的阳光是荔枝味的
050	雪落黄昏
051	想到那些夜晚
053	平安夜：把你想象成随便哪句话
055	为了你的雨
057	望着你的眼睛直白诉说
059	在春天的前面是一些梅花
061	翻过你家南墙
063	对燕子说句话
065	我们牵手走过海边栈桥
067	这么多年你在江南

069　江南古镇
070　风　　景
072　她知……
074　下　　午
076　与你同行

第二辑　无尽意

080　青海湖边
082　春　　天
084　青　　草
086　雪
088　蝴蝶太美了
089　会有很多理由让我们记住很多事
091　喜欢在喧嚣之中保持沉默
093　晨起之后用鸟鸣洗脸的人
095　在灯下翻看旧时的车票
097　桐　　花
099　不是鱼
101　赛里木湖有寄
102　你的船是光阴的驿站
103　看山是山
104　孩子们在天山脚下过家家
105　新雨后
106　伊犁河上多白云

107　你那双眸之美
108　好月亮不说话
109　雨水带来夏日的马蹄声
111　用秋水长天给你写一封信吧
113　那个把木鱼放生在银河里的小沙弥
115　轮回之诗
116　留在伊犁河边的石子
117　在云南想起和你相遇
118　饮松子酒
120　热　爱
121　把一个人叫作宝贝
123　香樟用她的芬芳思念
124　这人群中的空旷
125　雨是斜的
126　一想到云在山外的日子
127　这些年活着的我
128　雪是春天的一枚纽扣
130　风吹过去了
131　遥想异乡的雪
132　今　夜
134　指月录
135　前世风吹
137　桃花是春天的一只灯盏
139　为净瓶插上柳枝

第三辑　无穷世

142　名叫虹的女子

144　安静之诗

145　水边的日子

147　高山之上

149　那个人走的多么远呵

150　桃花必须要开

152　三　月

154　一片雪

156　用寂静，对满天的繁星说心事

158　在千里之外

160　断　桥

162　只一眼

164　小于醉

165　两滴雨

167　有所思

168　不是风

170　整个春天

172　这些年我已经习惯了在海边眺望

174　日日是好日

176　在微雨的日子遇见一个人

178　隔一盏酒

180　把你的笑声比做银铃

182	不在你身边的秋天
184	明月出浙江
186	桃花涧
188	小家碧玉
190	唱歌的人在歌声之外
191	黄昏的渡船运载着夕阳
193	槐花飘落的夜晚
194	隔壁的钢琴声带来夜晚
195	最后一夜我要写到露水
197	深林寂静
198	雨夜还家
199	这个夜晚之后明月不再
201	深山多出俊鸟
202	我在窗下写情诗
204	弯月如刀
206	提前一千年出生的那个人
208	这一天
210	古离别
212	我们在观音山上拜观音
214	这一生我想做一个最俗的俗人
216	后　记

第一辑　无限事

和你在佛前上一炷香

和你在佛前上一炷香
后来
那些没有你消息的日子
就真的,如烟如雾了

在佛前,你有众生的样子
你的双手合十,是一棵树沉默的样子
你的嘴唇微启,是风吹过水面的样子
在你的身边
我也有过青苹果的样子呵
小小的坏心思
是一只不知在哪里的虫子
它离甜蜜,还有着太远的距离

和你在佛前上一炷香
佛在高处微笑着——

而大殿外面云卷云舒
而山谷里面
有百合花不为人知地开了又落

什么时候
什么时候可以再和你在佛前上一炷香呢？
你看你看
那害羞的罗汉
是不是前世懵懂的你
是不是今生　无望的我

小野菊

秋至尽处
水含蓄
水含蓄到无边无际时
就有了心事
就鼓动岸边的小野菊
于草木萧瑟里
开得热烈而蓬勃

不说是辽阔秋野的一枚纽扣
不说她的风花雪月
说小野菊唱歌吧
她那五颜六色的声音呵
唱得阳光唯唯诺诺
并且　把我的童年
唱成了自己辽阔的山河

——如果这个世界你可以如此组合
——如果这个秋天我可以如此沉默
该怎样放纵你我的小野菊
该怎样忘掉你我的小野菊

斟满秋天的一只酒杯我的小野菊
把我一饮而尽的饮者我的小野菊
你落落大方我就敢于狂野
你沉醉,我清醒到底

某次微笑

想第一次看见你微笑的样子
已经记不清
是在哪一天了
那淡淡的笑意很真实也很清晰
足够衬托所有的月色
朦胧一下

阳光灿烂的早上
我对你谈天气
你突然红了脸
笑问我:
天热　为什么不到屋里说去?

真正的夏天到了
很多个微笑重叠起来
遥远　而且虚幻

我再没对你谈过什么天气
你院子里的绿荫
移来　又移去

在电话线的另一端

在电话线的另一端
是老地方
和下午六点
老地方是这个城市唯一的花园
下午六点　是这个城市唯一的春天

长长的电话线
伸向阳光的脸　青草的眼
穿过你黑夜的头发
轻抚星空遥远的语言
在我们太坚硬的心灵间柔软呵
让我们太漫长的分别短暂
长长的电话线
这钢筋水泥的篱笆间
多么纤细的一根豆角蔓蔓

生一些简单平凡的叶子
结一些顺其自然的果实
商品经济
我们共同培育的这株真情有值无价呵
守着自己的庄稼
我们是城市深处
截住时光的流水　拥有黄金的人

穿上你朴素话语的粗布衣裳
斜挎心愿与关怀的竹篮
拨动电话
你守在那城市唯一的村口
听得清我抄着近路往家跑的声音了吗
听得轻吗
听得亲吗

回到一个海边小镇

回到一个海边小镇
过中秋,吃月饼
想着一千年以前的那人
想着几个月以前的那人

月亮呵
你让海洋有了心事了
你让海风有了心事了
你让一夜的好光阴
若无其事了

我呀
要学习一个叫吴刚的人
喝酒,伐桂
关心兔子和人间的事情
偶尔想想

嫦娥的前世和今生

再偶尔
就对减肥和相思的人
摇摇头
叹息一声

旧长椅

和秋天对话是困难的
落叶堆积
踏窸窸窣窣的往昔而过
转身　坐下
少年时的体温
犹自烫人

真的已绝少迈进这个公园
甚至绝少
提起　或想起
阳光下的一朵花使我接近一个女孩的红唇
可很快多云转阴　终降大雨
爱情也谢了

旧长椅
你的颜色

也是她裙子的颜色

那种春风里的江南的颜色呵

渐被明月的呼唤漂白

蝴蝶依旧飞来

有门　不叩自开

谁把初恋作为一棵树呢

劈开、刨制　涂上我们故事的漆

你看苏北地区一个沿海小城的普通公园里

一把暗绿色长椅

历经风雨　多么幸福多么孤寂

千颗星

曾经为你折叠过一千颗星星
放在屋角的桌上
静静地闪光。少年时代的夜晚
好像都是春天或者夏天的吧?
你看,我还记得
你在草地边等我
一袭长裙　如一枝刚刚出水的白荷

我们常常为一些小事情争吵
你哭泣时
这世界空阔、寂寥
很多时候,很多时候我想让一切再重新开始
可那些云彩
早已化成了远方的雨水
或者冰雪了

我还记得你离开的背影
我还记得
你把整整一火车的孤独
都留给了空荡荡的站台上的
空荡荡的岁月
空荡荡的我

千颗星
千句话
被谁说呵说呵
说个不停

和你看雪

和你看雪的那个早晨
已经过去很多年了
　"多么耀眼的时间呵……"
我说
然后,时间真的像是那场铺天盖地的雪
燃烧着,不留下一点痕迹

和你看雪的那个早晨
阳光灿烂,尘世干净
我们的脚印弯弯,且深深——
我们已经有太长的时间
不再回头看走过的路了
你在遥远的南方小镇
会不会,偶尔也想到一些年少时的事情
当椰树低语
当海风阵阵

在故乡,每个冬天
我总是不能够遂心所愿地
为你带来些许温暖
除了那个看雪的早晨
那一刻
我指着远山,对你说:
如果不忘记
这,就是永恒……

月明之夜

月明之夜
有花若你
有一只白羊的柔顺若你

以广阔的草原做思念的背景
春风吹过的地方
到处摇曳你的名字

此刻我转身
是否因多劫以前的观音
对你轻抚过柳枝?

我成佛时
愿度尽众生
唯不度你

月明之夜
想你
这世界才有了人间的样子

早已不再轻易地让雨水打湿脸庞

早已不再轻易地让雨水打湿脸庞
也早已不会站在桥上
看河面的月光一直流向远方
四十岁以后
江山都是旧的
似曾相识的道路越走越长

整个下午
所有的云彩都在积攒着力量
只等你的出现
只等着你的惊鸿一瞥如闪电
为我制造一场久违了的暴雨
年少轻狂，淋漓酣畅

一场暴雨
只是云彩们的想法之一

也许,那老成持重的
却只想着沾衣欲湿
也许,那风流蕴藉的
却只想着断桥路遇

其实
随便一场雨
都是万物的样子
这世界本来就非常简单——
如果,没有你……

从此醉

厌倦喧嚣,也厌倦独处
寂寞是一个人和自己过不去——
把她的笑靥当歌词
偏偏却记不住月光的旋律

那土拨鼠有土拨鼠的抱负
那钻天杨有钻天杨的倾慕
如果坚决不说出相思这两个字
整个银河系
都会安静得像一粒石子

就把那行白鹭当作翔舞的祖国又何妨
就把西岭的积雪当作遥远的暮年又何妨
心不老
风中的芦苇都不肯弯腰
且再饮三杯

眼前皆小事
多想让她提到我时
只说一句：那谁

那谁呵！那谁
从此醉
从此
从此不问天南地北
从此，她折她的杨柳依依
我飘我的雨雪霏霏

在月河听《心经》

闻佛语
如月河里的月亮
看天上的自己

如群山坐着坐着就空了
如流水慢
慢着慢着
就抛下了箭一般的光阴

小冤家
不说话
她在粉墙黛瓦之下
嗅梅花

在夜半苍茫

在夜半苍茫
唤万物
万物都有过去

但你的过去是我的心事
我来得太晚
海水在沙滩上
就显得简单

你看
我懂得礁石的坚持,和等待
我懂得海鸥画出的斜线

现在我站在这里
就让时间
比一盏灯泡更多余

对你的思念是咸的

对你的思念是咸的
在海边
海浪一遍一遍地洗涤着月亮
今夜，溜进你梦中的月色
也是咸的

云向东去
燕子南回
天空下面没有重大的事
除了你面前的那杯咖啡
有点烫；除了你睡得太晚
眼圈有点黑

我要学会在一棵香樟面前停下脚步
透过芬芳的呼吸
轻嗅你微笑的样子

我还要学着练习沉默
原谅我也曾千山万水也曾纵情放歌
原谅我,用这百转千回的种种错过
来开始对你无言的诉说

万物喧嚣!
我无语——

眼看着整座大海搬走心底的波澜
空出盐　空出蔚蓝
空出礁石遮不住的身影
和一个人
锈迹斑斑的孤单

带我去看两棵树

带我去看两棵树
我们十指相扣
像两只心心相印的蚂蚁
抬头,仰望
被满天的星光感动和祝福

一棵树经过一棵树
是风经过树叶
是蚂蚁经过你
这一世
所有的经过都是最后一次了
一次又一次地再见时,已经是
我们修到的一个又一个来世

这样,我就敢安心地和你道别
安心地祝你晚安了

且行且修行呵
带我去看两棵树
他们在银河下相聚
他们在夜风中私语——

少年哪识愁滋味
每一天
都
换了人间

广济寺

广济寺的树大多没有名字
他们看看我
继续回头看风

几声鸟鸣还是辽金的声音
两个童子
有一个恰似年幼的观音

我从开满浪花的海边来
心里的尘沙
又怎么能让月亮生根发芽

净瓶没有水
蝴蝶兰不飞
广济寺里谁是待度之人?

在广济寺的树下立久了
也成了别人的烦恼
某棵树就突然停下来,笑了一笑

我请你来看我家的雪

我请你来看我家的雪
你看
这天和地,这雪和花
喜欢哪朵
都送你!

我请你来看我家的雪
大吧?
比李白家的大
比杜甫家的大
但是,不如我等你来时的那颗心大
不如你刚进门时我的慌张大

说真的
我家的雪
也是你家的

也是连云港市的四百七十万人家的
但是
当你和我并肩在雪花里

可不可以说
是我家的雪花她请你来
请你来看看
她家的我?

无量山上的月亮

无量山上的月亮
也是我在洱海边
别在她鬓发间的那一枚

多亮呵——
像闪着泪光的低唤
像走过那个老火锅店
突然感到的一阵轻寒
像你就么傻乎乎地漂亮
而我，还没有遇见你的那些以前

无量山
山无量
再美的月亮也不够明亮
也有缺憾

就那么随手一指吧
且不管孔灏或者段誉
都有了相思

想起大理茶花

想起大理茶花
想起诗句和恋情正在路边摇曳
我就是年过半百
也要回去

回去做一个僧人
回去做一个王子
回去做一个人群中
最不起眼的百姓
总之是
做一个想看就能看到她
却不被她认识的人

她不再伤心
我不再小心
整个世界，像谁的乳名

和雪交换白

和雪交换白,和梅交换暗香
和老城墙交换夕阳
和长安,交换一段旧时光

青山妩媚
弦月微凉
醒来的地方
都是故乡

那年的大雁留下远方
那年的垂柳去意彷徨
那年的你
被称作新娘
那年的你
也被称作忧伤

渭水宽呵

渭水长

渡过渭水的人

藏不住满眼的星光

记得月光

记得月光
记得一树石榴花的绽放
五月的好
就是你的微笑和秀发的芳香
就是你不出声
而我在黑暗中听到了夜莺的歌唱

一直习惯着这一世的孤单
仿佛青灯古佛旁
怯怯的木鱼声响
此刻谁落发
谁就是下一世的菩萨
谁把春天丢了
谁的籍贯里就开满了鲜花

记得渡口

想你的名字是一叶兰舟
登不登
我都晚了呀
记得你的眼睛看穿我的忧愁

百千万劫之后
我再来
再经过你恒河沙数的好
也不说记得
也不说明白

风这么好

风这么好
太阳这么高
云是汉代的颜色
若有雨
谁又在唐朝归去

突然想起的谁呀
我已经老了
你有话
月亮不用知道

秋天到了

秋天到了
苹果熟了
轻薄的少年看到雁阵
要把世间的旅程
也走成天上的风景

树叶在白云下面泛黄
像是每个崭新的日子里
都带着往日的回忆
我曾假装在不经意间
碰过你的手
也曾故意把自行车停在你窗前——
如果，如果这些事情都被你记住
那拂过你秀发的轻风
会让远方的大海
掀起多么巨大的波澜呵

秋天到了
苹果熟了
善良的苹果
善解人意的苹果
她不说时光和你
只说甜蜜

一直在明月之外皎洁

一直在明月之外皎洁
一直在野花之外热烈
一直走!
一直在山路之外崎岖着
一直在白帆之外呵护云朵
一直在草原之外和牛羊比赛挥霍

一直在你之外孤单着
一直在你之外
过着和你在一起的生活……

雨夹雪

雨夹雪
这点点滴滴的时光中
被岁月没收的一封封故人的来信呵
被那谁没收的一颗颗眷恋的心

雨夹雪
风夹一枚纽扣
美好夹一声叹息
风呵
吹过一个人漂泊的身世
被一双手
用下辈子的约定温暖了

在风雪中走着
有些脚印深
有些脚印浅

那又深又浅的两行
通向月亮
通向海洋

有多久了

有多久了
像一块礁石的沉默
像一朵浪花的不舍
像一排椰子树午夜梦回的心事
像长长的海岸线怀抱着大海的寂寞

有多久了呵?

一只羊散漫地走着
整个草原
为一朵白花和一朵紫花的爱情
屏住了呼吸

午后的阳光是荔枝味的

午后的阳光是荔枝味的
而广州是红色的壳
剥开来，就是你微笑的样子

窗外的树有的绿有的黄
像我站在天桥上
猜不透你的泪水
因为不舍，还是因为忧伤

更远的地方
看不到了
看不到了呵
看不到唐朝那十万火急的驿马
看不到那驿马上
十万火急的爱情　和国运

在那个温暖的城市

我吃荔枝

也吃唐诗宋词

直吃到那些藏在酒里的小糊涂仙们

个个会吟：我醉欲眠

卿

不许去！

雪落黄昏

雪落黄昏
雪落原野
雪落记忆里只为你留的空白处
雪落在阳光灿烂的日子

捧在手心的雪
化了
含在嘴里的雪
化了

远山是冷冷的岁月
用雪
温暖着我们

想到那些夜晚

想到那些夜晚
想到那些瞬间
就明白孤独只是一次停顿
是大海平静下来
用微微的喘息
准备着又一次浪逐云天的激情

三十年太长
足够遇见一个人
爱上,或遗忘
八千里路太短
你温柔的目光
注视在每一个遥远的异乡

就把整个花园
都移到一个人唇上

就把整个春天的风都劫下来
只随一个人的秀发飞扬!

就想到那些夜晚
就把孤独
当作思念的偏旁……

平安夜：把你想象成随便哪句话

平安夜：把你想象成随便哪句话
闪耀在赞美诗的字里行间
把葡萄酒的浅红想象成你
把烛光的温暖想象成你
把蛋糕的甜蜜想象成你
把最大最美丽的那只苹果
和她走过的春夏秋冬想象成你

上帝呵
我不羡慕飞鸟
也不羡慕羚羊
更不羡慕狮子老虎和大象
我羡慕微风天天轻抚她的脸庞
我羡慕月亮夜夜看见她温柔的模样

我呀

真的也羡慕自己
那么轻易地
把那么多的你就想成了一个你
那么轻易地
把平安夜
就想成了你的归期

为了你的雨

为了你的雨
需要从宋朝移植一丛芭蕉
需要一只寒蝉的凄切
他对他的长亭
我守我的冷清

枯荷注定饥渴
巴山沉默于长夜
蜀地的风吹不到江南
闲花落,灯花闪
青鸟衔来远山和春天

不管你的春风十里
不管你的千红万紫
为了你的雨
且浪费时光

且浪费想象
且浪费
那个失踪在拉萨街头的情郎

望着你的眼睛直白诉说

曾经独自进入那个黄昏的人
我会在有着鲜红太阳的清晨
想念她；　虹
望着你的眼睛我这样直白诉说
你会不会知道　雨中的丁香
在我晴朗的小屋里
曾是一遍又一遍地模糊你呼吸的芬芳
让我温情的伞　摆放在九月的后檐

我理解誓言
它是永恒在沧海与桑田之间的界限
是火中发芽的种子　水中沉淀的时间
我已经忘却了少年时代乐不知返的那些古典情境：
饮酒、击剑　拍遍栏杆
而江上的明月将怎样重复我对你描述过的江南
一丛草　一抹红晕

你微笑的时候春天无言

在诗歌的深处走出麦田
光荣与梦想　伟大与卑微
你那衣裙轻扬之处
仍是我生活上空低翔着的　心灵的家园
从你窗外青青的竹叶上爱你
从你窗内古朴的书桌上爱你
你如何展现出这样一片辽阔的草原
我迷途的羔羊　又在谁的帐篷前
一次又一次等待　你春阳的金鞭

我知道我们的相遇
比目光突然　比拒绝迟缓
虹　不需要别人祝福的时候
也不要轻易唱些流浪的歌
有谁在黑夜之中会燃烧自己破空而去
我将是爱情的陨石中
最炽热的　那颗

在春天的前面是一些梅花

在春天的前面是一些梅花
在春天的后面是一些梅花
在梅花与梅花之间
有一些冰冷的话
像雪也好　像雨也好
都在紫燕剪开的水纹里
美丽了吧

虹　我纤细的语言是否缺乏血色
在诗歌和技巧之间
爱情有时　是不是显得苍白
而我所在意的夕阳仍是那般艳丽如初呵
潮起　潮落
在月亮的门前望你等你
我孤独的吉他衰老而陈旧
弦声铺就的道路　却依然年轻

虹　我是你也许在无意间
做出的一句承诺
是你霞飞两腮之际　最偶然的一种假设
用一生为一个人注释需要的不仅仅是勇气
草长莺飞　杂树红英
柔情与品格　美和力
在平凡的生活中体验深沉
我命运的两极　爱和泣
让我一只手在嘹唳的雁鸣里抚摸往日
另一只手在你的乳名中　贴近自己

曾经沧海的记忆
是没有人的沙滩　没有脚印的路
在如山的风浪面前我已不再是一叶扁舟了
枕着你温柔的臂膀　到处都是
一笑　便可以安然入梦的
家

翻过你家南墙

翻过篱笆花香
去偷一片月光
这样轻柔的月光让心悬空呵
双眼也明亮

桂花在月光里飘香
月光在你鬓发间飞扬
扔出月光的石头去轻击你的小窗呵
听这古老乡村的心跳
在你的呼吸里芬芳

影子双双　河水漾漾
青草在春天迷失故乡
是谁家燃起了橘红的灯光
让窗花上的鸳鸯　低诉衷肠

翻过你家南墙
望见你家西厢
在无法逾越的爱情里面是如此自由呵
轻拨你的秀发
我要握住百年前千年前万年前
被你带走了的月光

对燕子说句话

对燕子说句话吧
用绽黄的柳叶　用消融的冰雪
用吻。燕子
我用春天和闪电
用整个的花园
对你说话
你看我忧郁时是不是一片白云
你看我微笑时
是不是掠过你的一阵雨

我在远离你的地方对你耳语
我被遥远阻隔的手势
像一段往事；剑影、酒旗
幽径　以及秋千上娇美的背影
我陌生于千年以前的一束月光
似曾相识于雕栏玉砌之间

凋谢的容颜

对燕子说句话
说我檐下的枯草
说我夜深的独坐　说我被风
吹起的头发　燕子
青春与梦想是不是都曾叫作燕子
一代一代老去的燕子
一代一代长大的燕子
一代一代地归来又一代一代地温馨
我们简陋的家

对燕子说句话吧
不说多　只一句
或者让我轻轻依偎你柔顺的身体
不说话
从此　做个沉湎于爱情的
幸福的哑巴

我们牵手走过海边栈桥

我们牵手走过海边栈桥
看不安分的海水如我们的心跳
一遍一遍
用幸福的浪花去击打生活的暗礁

我们牵手走过海边栈桥
我们依山靠海,扎下爱情的营寨
你和我,两颗心成犄角之势
相互策应,易守难攻
我们不唱空城计
我们只唱将相和
今夜,海上升起的月亮
是我们一生的和氏璧

我们牵手走过海边栈桥
我们家乡的木头在脚下

用地道的连云港话,议论着我们俩
而来自南方的毛竹沉默着
它们在自己的青葱岁月里
没有成为笛子,没有成为箫
它们离乡背井地来到这里
把我们和海隔开
它们老了
它们更不想说些什么
它们只想安静地看看海
看看海边同样安静的我　和你

我们牵手走过海边栈桥
我们在栈桥上留下来的影子
浅浅的,就变成月亮的心事了

这么多年你在江南

这么多年你在江南
这么多杏花春雨
这么多月光下的归来,和离开。
这么多年你守着时间
这么多安静的莺飞草长
这么多记忆　这么多梦想

这么多酒　这么多桥
这么多红的樱桃　绿的芭蕉
这么多流连的丝竹　回首的笙箫

这么多年你在江南
用西湖梳妆　用蝴蝶
隐藏一座春天的梅庄
这么多年你囚禁的那个人悄无声息
这么多年我等着你的回心转意

这么多年　隔一张白纸或者一个夜晚
我一厢情愿地遥望着你的江南
比唐朝遥远　比南北朝遥远
比"低头弄莲子"的娇羞遥远
这么多年！

这么多年我的胸中剑气纵横呵
可那些英雄辈出的年代
早已隐于　一片一片
江南的竹林

江南古镇

寂寞有着青灰的颜色
古老的光阴,在雕花的窗棂后面
和熟识的天空频频耳语

那人不说暗红的心事
不说眼中的翠绿
那人的容颜,隐在十八岁的歌声里

三十年前河东的阳光耀眼
三十年后河西的阳光耀眼
现在,这里有斑驳而迟疑的空白
一样耀眼……

谁在遥远的海上
空对着
这个院落里　两个人的月光?

风　景

在天地间行走的那个人
特别渺小；如果你不去注意
如果，你只是想看看风景就走
那么你不要看他就好了

多么好的山林水田呵！
多么好地微风、阳光
这空气中有着她名字淡淡的香味呢
在天地间行走的那个人
从大汗淋漓中走来
就是面对面地遇上了
我们也只看到　他的悠闲惬意就好了

山是高山、树是大树、土是厚土！
清清水田
只给那个人一点点的影子

那个人太渺小了
在那么大的水田里
他的影子模模糊糊，若有若无

那个人！真的可以省略的
如同风景
从来，都是用来经过的

她知……

她知我等得久了
就让桃花一个劲地红呵
就让李花一个劲地白
她知我
她知我把四月当成一节寂寞的台阶了
站着,或坐着
我总是那个等在梦的拐角
一见到你就会脸红的青涩少年呵

她知这风起之后
必然有一池的春水皱了
必然有一个人的容颜
如一张老照片一样旧了
她就让桃花一个劲地红呵
就让李花一个劲地白
她让我把下辈子的等待

都已用得透支了

她知那单车不会走远
就像记忆中不能忘掉的几个片断
它们总是在眼前呵
在那些出神的午后,在那些
不为人知的叹息之间
她知这湖滨大道伸向往事和天边
等到把夕阳也揽到怀里了
那座在身后隐隐约约的雪山
又反射出多年以前
谁的干干净净的诉说和孤单?

她知呵——
那蝴蝶已飞走,那花园已腾空
二十九层楼上擦玻璃的人如一只顿号
这一顿
就把一个春天,一直停到
四十岁的那一年……

下　午

世界的寂静是世界的
而两个人的喘息，是两个人的
如果下午所有的绿荫都已经慌乱
那么，我就代替那些远在非洲的恋人们
出一身汗吧

你看，那河畔的青草多么柔顺
你看，那斜飞的水鸟多么抒情
世界呵，请慢些，再慢些
容我站稳，容我把姿势摆正
我想在日落之前让我的手
比太阳高出半寸
我想在秋天之前让我的心跳
比流水，落后半分……

其实，我更愿意象一个古代的书生那样

爱一个人；更愿意，像二十年前的我那样
写一首诗；那朱门映柳
那秦筝低按
那修长的少年青涩而腼腆
他说"微风"，所有的花朵就飞成了蝴蝶
他说"细雨"，所有的情话就都在她耳边绵绵

这样，我尽可以怀抱着前世隔山隔水的远
听那谁谁的轻叹一声
忆那谁谁的眼波一横
陌上花开呵，或不开——
我已把那人的微笑剪成了西窗的烛火
我已把那人嗅过的青梅
典当给照过她影子的，无悔的月色

而这个下午
这下午的风声是下午的。
而蓝天在大河里的自由和快乐，是鱼
和水的

与你同行

两朵烛焰被风抬走
两片云　两根树枝
两只相互扶持的手
两件心事

深夜里
两朵烛焰被风抬走
两个人说话
用距离　也用抵达

光明是明亮的黑暗
黑暗是暗淡的光明
两朵烛焰被风抬走
两朵烛焰　松开手
给风自由

与你同行
爱就是一种飞翔
迎着时光
我们抛弃黑暗所承受的重量
其实　来自翅膀

第二辑　无尽意

青海湖边

青海湖边
把昨夜枕上的那个名字
轻放在湖底
任青海湖的浪花
打湿今生

云什么时候飘过湖面
鱼已经忘了
好像我第一次来
湖边的石子
也把我当作故人

还记得我们在长安的月光下
说起过客,说起缘分
那些羞涩那些脸红
现在都变成湖上的波纹——

是你隔山隔水寄过来的信件吗

青海湖呵
一个心中爱恋满满的人
想要偷走你全部的咸
偷走你的八万四千句佛号
偷走你的平静你的狂澜

一个海
就有了不为人知的激荡
一个你
就有了唯我所见的明亮

春 天

把酒喝到阳关的高度
春天
便有了故人的体温

烟雨中的杏花呵
驼铃后面的家
银色的月光梦见窗外
她的歌声
已远成天涯

春天
海不小心露出白帆的牙齿
笑我们的
那些迢迢往事

一场雨

让所有的绿
都喊出了
妹妹的名字

青　草

青草与爱情谁更鲜嫩
芳草萋萋
如果远离我们的那人总不回来
你说　这山中的春天
会不会同样遮断
我们的归路

谁能比青草走得更远
谁温婉的眼波
汇集草尖所有的露珠
青青草色黯淡我们的年龄与情感
黯淡怀念
十八岁的河边　青草环抱纯净的天空
成为我一生写出的情诗中
最艳丽的一段

青草在城市的缝隙间
染绿细碎的月光
喂养　我们对羊的渴望
其实真正的牧女就在我们身边
朴素、真实　感伤和梦幻
是多么柔软又多么细长
正不断轻轻
抽打在　城市的身上

雪

此刻雪静静落满我的家乡
推窗　一群群柔顺的羊
把我这一生来感受过的温暖
暗暗珍藏

雪耀眼的光芒让我爱人的秀发闪亮
雪深处　最孤单的羊群也比草原苍茫
雪在谁的眼里融化
温润的泪滴落下　是羊
抹不去的创伤

雪　静卧于三月之上
羊　静卧于三月之上

雪梦见很青很嫩的草
在自己的喉管里沉默

雪不语　雪梦见羊毛纷纷扬扬
在我往事的天空
落尽好时光

蝴蝶太美了

蝴蝶太美了,所以飞不过沧海
好姑娘太多,我爱不过来

那个在清凉的山风里眺望南方的人
她的秀发飘舞
让多少前尘旧影,少了梦幻的感觉呵

也曾于花间置一壶酒
也曾于暮春细雨中
看双双燕子故地重游……
蝴蝶太美了

入秋之后
那远山已淡如一朵云彩
其实你发呆,或蝴蝶发呆
也无关那人
回来,或不回来

会有很多理由让我们记住很多事

会有很多理由让我们记住很多事
当然,如果是忘记
却不必;会有很多首歌在演唱之前需要开场白
要说:献给谁　或者谁谁　以及谁谁等等
当然,也许最想献给的那个人
根本不需要你提起

热爱诗歌以来
一直都热爱看夕阳
二十多年啦!
现在,因为一个夜晚的约定
这黄昏就像是我亲手写出来的几十万行拙劣诗句
多么乏味,多么冗长

江山辽阔者,必有大孤独
我仅仅要守着属于自己的薄地三、五亩

就心满意足了
就实实在在地拥有了
连神仙都要嫉妒的
红尘万丈的幸福

那夜风你想风就风吧
那月亮你想亮就亮吧
甚至允许桂花的香气若有若无
甚至允许流水在远方汇入海洋
你我不语
这世界绝对大有深意——
这是你那一刻的羞涩
这是我这一生的喜悦

喜欢在喧嚣之中保持沉默

喜欢在喧嚣之中保持沉默
喜欢在众人之外
看到你安静地待在一个人的角落
这世界是帝王将相的
也是芸芸众生的
但是归根到底
这世界,是你
和我的

你不扑蝶,所谓的春天
根本就是疑似的;你不唱歌
所谓的音乐,根本就是
树叶被风——签阅而已;你不扶我
所谓的醉,根本就是这世界摇摇晃晃
反来笑我
笑我的柔情似水,却步履坚实

那就不提放下,也不提放不下
你不在身边的时候
连月光都是可以速食的
突然的发呆,或者出神
是最简便实用的微波炉

从明天起
不喂马,不劈柴
且不周游世界
只在想到一个人的名字时
偷偷地,骄傲一下

晨起之后用鸟鸣洗脸的人

晨起之后用鸟鸣洗脸的人
他的心中必然有一条河流
这样,那些无意间浮现在眼前的人和事
算不算河流两岸
青山的倒影?

一生只在一个渡口送别
一个人和过去
就有了水流千载归大海的联系
杂花生树当然可以
白露为霜当然可以
如果愿意,就是把某年某月某日的美丽月光
全部保鲜在那只迷你版的心型冰箱里
又有什么不可以!

苍茫和辽阔都是世界的事

小儿女的情怀
偏执、狭隘
只能把一个人的影子
爱成孤独

少年时代的那滴朝露
早就消失得无影无踪了
多年以后,你看见
那暮年的雪峰上
依然闪烁着,青涩的光芒

在灯下翻看旧时的车票

在灯下翻看旧时的车票
看一条条折叠起来的道路
再不能返回
再不能返回呵!
那多年以前的夜晚
那多年以前的心跳

我还站在那场微雨中等你
微弱的路灯光线　也还像雨丝
斜飞着
打湿一个人的焦虑　和故事
如果有一把伞真的可以遮住天空
那么太阳和月亮　一定
也都是你亲手制造和安装的

我还站在那场微雨中等你

整个连云港市的春天
都是迷蒙　和湿漉漉的
我看表
时间永远是秒针的一次停顿
我跺脚
地球缓缓转动　像谁的心事飘忽不定

在灯下翻看旧时的车票
看你下车，走来
走到一张纸上
走到一首诗里——
这已经是公元2010年以后的事了
在上个世纪的那场微雨中
你我不曾说起
你我　早被那条道路忘记……

桐　花

是桐花把箫声留下
淡紫的唇吻
轻诉洁白的心事　和生涯

月光溢出桐花的杯盏
月光　被吹箫人忽略
佳人有约
而佳人有约岂只在一个夜晚
回首一生
等你的人会在　每个瞬间

等你的人　最终
被桐花遗忘
桐花呵
是因了你的微笑而行色匆匆吗
当你沉默　当你衰老

再听听桐花
听听她们紫色的箫声
比起月光　是多么年轻

不是鱼

鱼在水里的快乐
我们不知；所以
鱼在何时流出了泪水
我们　也不知

鱼在上游的京城
鱼在中游的都市
鱼，在下游的乡村……
鱼呵
你们那赤身裸体的皇帝
他最小的女儿
是否美丽？

用流水呼吸
和垂柳的影子嬉戏
看浪花们七嘴八舌地在水面探讨河流深浅

鱼，在水底沉默

波涛汹涌，也是一生
微风涟漪，也是一生
这一生不长不短
这一生，且顺其自然

那谁——
鱼呵
不是你
不是我
他是哪个？

赛里木湖有寄

马蹄声声
似敲响前世之门

倒影干净
也仿佛天堂的回音

浅水处的石子
会背诵《金刚经》

但是，但是我不会承认我的孤单
比起草原，我永远多出了一个牵挂的人

你的船是光阴的驿站

你的船是光阴的驿站
水,在衣袖间
有着挽留谁的样子

天山后面是明月的前世
此生,白露不语
清风为歌声停顿

雕栏玉砌,长亭短亭
多少聚散如酒
多少微醺 多少畅饮?

谁是谁的客人?谁是谁的梦?

看山是山

看山是山
看山是你
看尽山南山北山东山西

看是不看!
山拈花是山对你一笑
山放下,你是山的一笑

我有一捧冰雪
放在你家窗台

冰雪聪明
笛声笨

孩子们在天山脚下过家家

孩子们在天山脚下过家家
蚂蚁是他们的孩子,大象也是

云彩无所谓地白着
花儿无所谓地开着
蝴蝶有心,飞过来飞过去
似要对谁说些什么

从冰峰上流下来的雪水
还看不出,汇入海洋后的样子

而孩子们在天山脚下过家家
好像其中一个是我,另一个
是她

新雨后

新雨后
她在往事里挥手

天在天山后面蓝
波浪起伏在忧伤的左边

兔子是萝卜的一块心事
我是某人的陈年旧伤

蝉声歇下来
晒几棵香樟的孤单

白云飘过江南
银河划到人间

伊犁河上多白云

伊犁河上多白云
易逝的事物
总是靠得很近

在岸边伫立得久了
一些人走远，一些人走散
一些人，尝试着用来生
赊一段旧光阴

伊犁河上，白云怒放
是两条鱼相遇在沂水河
是风吹过风，吹得地老、吹得天荒

你那双眸之美

你那双眸之美
由烟雨负责

天地至大
唯寂静是与你最搭的颜色

被风吹起的头发是引信
若不点燃
月光也根本无法照耀

北岸细语,南岸赏花
流水的间隙里跃过一匹白马

好月亮不说话

好月亮不说话
像那谁的一笑
有着晃人眼目的美

好月亮轻
托着一个人的梦
在云层上飞

好月亮重
汇聚起五湖四海
压得隔山隔水的心疼痛

好月亮
一生的银两
挥霍我的自由
锻打我的忧伤

雨水带来夏日的马蹄声

雨水带来夏日的马蹄声
带来天上的消息
一盏盏
如次第点亮的,夜的灯

如果不是有雨水落在窗前
如果窗前不是摆着一张书桌
如果我没有在书桌上写过那封长信
如果长信上没有你的名字
雨水和远方　和天上
当然都没有关系
天外的天外到底还有几重天呵
我们何必在意
可是我们经历的
都在心里

雨水是繁星的妹妹
等她们长大的人
现在,都老了

用秋水长天给你写一封信吧

用秋水长天给你写一封信吧
蔚蓝的信封上
工工整整地
贴上大雁的邮票

用那个最红最大的苹果说"你好"
用那片最精致的枫叶回忆你的微笑
用隐隐约约的桂花香代替某个午后的片刻
用木鱼声声
说说信仰,或者心跳

嫦娥姐姐呀
天已经黑啦
那银河边的牛儿已经走散啦
那葡萄架下的私语
已经被全天下的小儿女

清清楚楚地
听
到
啦

那个把木鱼放生在银河里的小沙弥

那个把木鱼放生在银河里的小沙弥
是我
那个打樱桃打落一曲信天游的后生
是我
那个用洱海的月光擦净苍山雪的阿哥
是我
那个在九万匹骏马的嘶鸣中截住烟尘的汉子
是我

而你
是悲悯
或者，悲悯的意义

又或者
不是

那么
你就是
众生的执着

轮回之诗

想你的那颗心
是别人的
看着你的眼睛
是别人的
把花草和春天都扇动到你身边的翅膀
是别人的
在水边伫立，轻啄落日和往事的尖尖的嘴巴
是别人的

多少美
多少醉
多少悔

你曾有过多少个名字呵
我
也有过那么多的前生
与来世

留在伊犁河边的石子

留在伊犁河边的石子
把雪峰的消息
藏在心里

这世界有太多的秘密
一粒石子
只能做自己

春风一吹
冰雪就化
就像某人一笑
石头也开花

在云南想起和你相遇

心慌意乱的相遇
为什么
总是美得让人着急?

在大理
我仅仅是迎着阳光看了你
就变成苍山上的积雪了

注定有一种温暖无法释怀呵
轻轻拍打岁月的河岸
我终于,使自己安静下来——

一面流水的镜子里
有一个春天,又一个春天……
另一个我,刚好又飘落在苍山上面

饮松子酒

饮松子酒

饮大理城外整座松林的心事

哎呀多么醇香

哎呀多么甘冽

哎呀山坡多么惭愧地低下头去

哎呀白云白云你停停

小生,可不正是你那个潇潇洒洒的官人!

爱你松子的香气

爱你松针的情意

爱你这松林间的微风把我萧疏的头发吹得比脚步还散乱

哎呀云南的天空落在你的浅笑里

且举杯

哎呀那个过去的我在此刻是我不折不扣的情敌

饮松子酒

然后,和一个人的前世今生
——握手

热　爱

迷失于木头的纹理
我们和花朵
更隔着一万条河的距离

那些被追问的过去
那些看得见风景的房子
夏天一到
都不再重要

唯有星辰——
在短暂的虚无，和缄默中
说出永恒的照耀

把一个人叫作宝贝

把一个人叫作宝贝
把一枚月亮叫作宝贝
你呀
就把我当成一滴露水好了
在玫瑰安睡的时候
我是夜的酒
我的怅惘　是夜的酒杯

一阵风吹过
她是白杨的远方
几声虫鸣
有着妹妹的纽扣那样的漂亮

把一个人叫作宝贝
宝贝就是个动词了
像潮汐一样

摇晃着岁月

摇晃着

某某和某某某的忧伤

香樟用她的芬芳思念

香樟用她的芬芳思念
而云彩止步于窗前

很多很多年
原本属于我们的时间
被大海
一借不还

谁的微笑是帆呵?
在送别的岸边
孤独如酒旗在风中的招展

眺望是沙滩上的螃蟹
有着锋利的蟹螯和硬壳
也有着苍茫的无助
和柔弱

这人群中的空旷

这人群中的空旷
是你背影留下的暗香
是风,被风吹远
那棵孤单的白杨
再没有了方向

碎银子的河水
散乱珍珠的星光
有人在长安温柔如月
有人在石榴树下百结愁肠

石榴花开呵
那些美丽到能够燃烧错误的秘密
把酸的时光、甜的时光
就一夜一夜
悄悄地搬进了谁的心房

雨是斜的

雨是斜的
可是被风一吹
就变成故事了

我们经过这个世界
流泪,或相爱
看那些白云聚拢
又散开

她是一个名字
花是一首诗
月亮还是海南岛的圆呵
若我同意
也照你

一想到云在山外的日子

一想到云在山外的日子
涧水
就激荡出几分雪意

就像枝头一定绽放着你的呼吸
就像月光一定在花影间孤寂
一想到八万里长风吹不动某人的影子
夜空
就有了深蓝，或青碧

嶙峋的礁石上
一只贝壳
耗尽了一生的力量
呵护着海洋

这些年活着的我

这些年活着的我
到底是哪一个

也海角
也天涯
也胸怀大志
也热血煮沸真挚情话

这白茫茫大地呀
雪是雪
花是花
警察是警察

雪是春天的一枚纽扣

雪是春天的一枚纽扣
解开的时候
你的笑
也是梅的模样

在雪中
我们一起走
是一场铺天盖地的白糖吧
你,有甜蜜的头发
我,有甜蜜的眼光

如是我闻
一时佛在哪座城?
一时万物怎样生?

一时

永恒和梦想
就都有了你的体香

风吹过去了

风吹过去了
云飘过去了
日子,就像那件真丝内衣
摸上去
那么柔软
却有着坚硬的距离

在夜晚
在清晨

我有时面对自己
有时,面对你

有时
也把左手或右手
当成你

遥想异乡的雪

多年前以此为题在灯下想你
那些嫩绿嫩绿的心事
在雪白雪白的墙壁上摇曳
多年前雪是异乡唯一的风景
整个北方　说着玉和百合颜色的语言

想你的围巾还没有织完
纤细的手指和孤单的日子
温暖毛线之外的春天
这样的场景现在很少看到了
在冬天　一个女孩鬓发间的月光
让所有的青草一夜之间
绿遍江南

这样的场景　现在很少看到
真的　异乡的雪呵
今夜你飘到了哪个女孩的头上呢

今 夜

今夜的天空可以用来擦拭往事
今夜斑驳的树影
是散落在海外的岛屿。今夜
大风吹动身体内的芦苇
河流在月光下平静。今夜
灿烂星辰是我们闪烁其词的话语
今夜！我把童年想象成自己的祖国
——它的疆域多么辽阔呵
它的河水多么透明呵

今夜我在南方吟风弄月
今夜我身披北国冰雪。今夜
岸在，但流水不在。今夜
我左手紧握右手，但你不在……

今夜

那人一夜无话

这一生，也无沉默

指月录

素手纤纤
月亮
遂成了方向

而我站在你的身边
而流水
站在我们中间

这个时候
震撼海洋的
是比月光还要轻的
呼吸

前世风吹

前世风吹,后世风吹
月光明媚,我心伤悲

一只羊静卧于高原之上
它柔顺的眼光
温暖着尘世的苍凉

两只鹰飞
是两枚徒劳的钉子
按不住飞快的时光
和渐行渐远的世界

在这偏远的西北边陲
繁华更像一场旧梦
越来越多的你
多如满脸的尘灰

很多很多年了
我常常问自己
我究竟替谁在这世间爱着
我究竟替谁
在这空阔的旷野
被风吹……

桃花是春天的一只灯盏

桃花是春天的一只灯盏
如果再加上你
我们，就构成了恰到好处的暗

两个人的午夜原来可以如此明艳！
如果再加上前世　加上来生
这世界上还会不会有紧闭的嘴唇？

或者，远去的白云不会这样提问
当桃花遇见桃花　当他遇见她
春天永远是近在咫尺的天涯

是多么灿烂的一次出神或者凝望呵……
迎着冰雪，谁的呼吸有着春风的温暖
谁一生的坚持，就不会被季节改变

桃花是那几个字说不出口时
写在脸上的红。如果，如果再加上擦肩而过
那些流水一样的日子，就都是安安静静的了

为净瓶插上柳枝

为净瓶插上柳枝

为秋天准备好果实

曾经在梦中绽放的你

现在哪里

你是否还珍藏着

能够擦去往事的橡皮?

夜晚是一口太深的井

月光的井绳

提不起少年的倒影

蝴蝶漂亮

浪子忧伤

观音白衣

大野苍凉

在南风里微醺的秋千上
哪一阵摇晃
没有她的体香

第三辑　无穷世

名叫虹的女子

名叫虹的女子
让我在雨季最绿的芭蕉叶下
收集你阳光的微笑　樱桃的情意
让我那画帘半卷的心上随便飞过一只燕子
轻轻轻轻　向东风起的地方
衔起我们往事的枯枝

清明又过　谷雨已行
你在河面上垂柳的影子后面
想象雪
我乡野的女子　虹
你放飞的第一只风筝至今我记忆犹新
怀抱流水的火焰
我已经学会了在流逝中把握瞬间
从灿然和并不灿然的凝眸中
寻找一些　照亮多年以后的夜晚

和心灵深处那片净土的

霜　或者月光

被秋天碰碎的思想

要从晴空里最纤细的一缕云下

映照出爱情的光辉

把手伸进碧潭　虹

一轮轻微的颤动是我最致命的漩涡呵

你知道　情到深处

生命将以每一个最浅显的细节为形式

真实　和脆弱

沉默在青草深处的那女子　虹

用五月的容颜你走过春天

用童话以北最精致的小房子

你装点你的心

我将踏到一只怎样的兰舟之上顺水漂流

又将面对一双怎样的鸳鸯似曾相识

我将怎样于从容之间倾诉出前世所有的晓风残月呵

如你无声的语言

明亮　又忧郁

安静之诗

有微风吹过的树林才叫树林
有清泉洗过的星星才叫星星

往事是啤酒
喝不喝,是远山的自由
我想在这个夜晚用完一生的月光
陪不陪,你都是邻家的那树花香

有两个人走过的草地才是草地
有卑微和一点点的妒忌
才是贝壳,对大海辽阔的情意

南方的雨还在下
蘑菇撑起的晴空里
有那谁的笑脸碧蓝如洗
也如你……

水边的日子

在水边的日子她天天给你写信
没什么重要的事情
无非是讲讲消融的冰雪呵,畅游的蝌蚪呵
还有河岸上垂柳苗条的腰身
阳光下蜻蜓恋爱的样子……
在水边的日子
古老、平静

仅仅有一次吧,是的
就一次!
她,像是淡淡地说起
那藕花深处若有若无的
采莲的歌声

——然后是日子继续一天一天地过去
再然后,她也继续

在水边的日子她天天给你写信
而且，真的
真的没有什么重要的事情

高山之上

高山之上有我的想象——
那时的你多么年轻呵！高山之上
急促的蝉声滤出一山的安静
夏天的风鼓动白云远嫁异乡
那时的你，就像我此刻的忧伤一样柔顺
就像没有照过影子的溪水
渐渐地，已在尘世里流出月亮的清香

众生之中，有一个人代替我爱你
多么好！众生之中
有一个我代替我痛惜
多么好！众生之中
注定还会有一个我成为你的西藏呵
我那么低
却有一座冰峰代表我等你
多么好！

高山之上
那些岩石响动,他们肯定是想让我忘掉什么
那些脉脉含情的草不为人知
她们肯定以为,我已经忘掉了什么……

那个人走的多么远呵

那个人走的多么远呵
她笛声一样的背影
在竹林深处
会更加清亮、更加温婉吗

想她
相当于牵一匹骆驼过针眼
相当于托付流水
去提醒海洋　关于明月的誓言

什么样的艰难
是比思念还要重大的事件啊

若我迎面而来
是侧立于路边
还是微笑着问她：
好久不见？

桃花必须要开

即使蝴蝶还翻飞在想象里
即使春光　还远隔了七个省的距离
桃花必须要开!
必须要开呵　桃花要开
桃花必须　要给消融的冰雪一个交代

就像青涩的年龄
突然绽放成脸上的两朵红晕
就像她在渡口招手再见
那整个黄昏的夕阳都脉脉含情
就像碧绿的河水永远也留不住安静的倒影
就像桃花要开——
桃花必须要开到
让初恋的女友　隐姓埋名

桃花要开，必须要开

桃花必须开成桃花

桃花一闪

那些从唐朝就开始口渴的书生中间

必须还要走出一个

名叫孔灏的少年……

三 月

三月风暖,三月紫燕翩翩
一川的心事绿遍堤岸
一方锦帕包住的月光
随那夜的箫声一起,渐行渐远……

两只蝴蝶是否想起了前世?
几只蜜蜂为谁的一抹红晕
争论不止?那人浅笑
是春天的铃铛与一树梨花的白互不相让
是干净的阳光拧出水来
让一万亩的油菜花绽出金黄

绿荫斜过的红笺小字
如空出了大半个江南的孤单
这杨柳依依
这时光慵懒

这流水,抛下了秋千架上
多少轻和慢;抛下了菱花镜里
多少绚丽的梦想和瞬间?

三月风暖,三月在柳枝的另一端沉默
三月细碎的心事沉默:
这一生,最终会有轻舞飞扬的那一天呵
不为远方,只为
或许有片刻
能够停留在那人的　鬓发之间……

一片雪

一片雪在有风的夜晚叫我的名字
那么小
一片雪　一片风中迷路的月光
在燕子的呢喃声里　听出了花香

要怎样才能握住你冰冷的手
纤细的手纹　将怎样
隐藏我曲曲折折的一生
这天上的梨花呵
这轻声细语的盐
我干干净净的沉默和诗句
要怎样轻轻　把你拥入我的睡眠

一片雪
一片怀念以外的空白
我　离春天不远

春天　离爱情不远
冷和美　爱抚与伤害
它们的距离是不是我与一只辫子的距离
它们消失　我将仍是谁的发梢
永远的蝴蝶

一片雪　一句飞舞的承诺
它让我看到水还可以如此轻盈
我认识流逝　　也认识永恒

用寂静,对满天的繁星说心事

用寂静,对满天的繁星说心事
若你突然看向窗外
是不是因我正在
轻轻地唤了一声你的名字

上帝喝醉了
今夜,南风像他粗重的喘息
一个难以入睡的人
不能和上帝较劲
只能要求自己——
比如,把每一颗星星都看成你

弱水三千
我只想取银河里的那一瓢饮
红尘万丈
我不敢执着 也不敢遗忘

今夜，用寂静对满天的繁星说心事
时间停下来
他用更寂静的等待
让一个说话结结巴巴的孩子
说说他的快乐
说说他的挚爱

在千里之外

在千里之外
和大海比相思
和一个醉后不知所云的人
比无赖——
我得有多么荡漾才可以融化那粒糖
我得舍弃多少双鞋
才可以光着脚　无礼地盯着优雅的月亮

不过是一个放牛的孩子
去拿了那堆锦绣的衣裳
不过是两朵孤单的白云
把巨大的甜蜜　都交给了同一面山坡上的时光

花不开
蜜蜂是无所事事的小工兵
你不来

春天只在二十年后漂亮

夜这样深
你那么好
不敢出门
不敢骄傲

千里之外
我且焚香、祝祷
且不问那美丽的观音
笑,还是笑了又笑

断　桥

今夜月亮近、西施远
你在我身边
是西湖的又一处景点

今夜我们在断桥
在许仙和白娘子的断桥
也在孔灏和某某某的断桥
断桥早已不断了
所以，断桥边的故事要继续
内容却要改编

今夜应当有雨
今夜　我应当与你共饮一坛雄黄酒
就让那首唱滥了街的主题曲作我们共用的伞吧
"千年等一回　啊啊啊……"

为什么　你的眼里似有泪水
为什么　你的顾盼似有忧虑
今夜,小生我就算是真的带了雨具
又怎能挡住你眼底的雨丝　漂泊的身世?

只一眼

只一眼
那似曾相识的人已越走越远

红尘万丈
我总是不能像一树桃花那样笑得坦然
我心跳的节奏
总是比光阴的流逝
要慢

在这样美好的春天里
赞美一定是多余的
要简洁
就只说"喜欢"

就对白帆说"愿意"
然后,看遥远的天际

那沧海桑田的记忆
不过是见到
或离开你

年少轻狂
一生中,虽不靠谱也不后悔之事有三:
以一窗灯火　与整个旷野比辽阔
以两杯酒逼迫远山交出沉默
至于三句小诗
也许,真的抵不上三句贴心的话吧
我却执拗地坚持着
坚持着
直到似曾相识的那人
已越走越远

小于醉

小于醉,大于微醺
此时市声消隐
此时桂花呼吸平静
此时,一生的错误是那根
落地的针

整座城市的阳光若无其事!
为了你的到来　整座城市的
阳光们相互鼓励着
她们说到黯淡
她们说到流逝

这世界如此神秘
我莫名的感动,是夕阳的余晖里
那些柔曼的柳枝
对于自己的倒影的
一次着迷

两滴雨

他们在玻璃上追逐
日子像千姿百态的奔跑
流畅　而透明
两个世界之间
注定会有一些风景成为距离
会有一些距离　成为风景

他们偶尔融合，生死相许
他们突然分开，海角天涯
用自己的身体延伸道路
用自己的道路　延伸身体
那些痕迹或浅或深
一遍一遍地提醒着后来者：
关于爱、关于恨
关于前世　和今生……

两滴雨水,两百滴雨水,两万滴雨水
或两万万滴雨水,或更多
他们
是一滴雨水

有所思

于一万吨蜂蜜之中品出那根蜂刺的疼痛
于两万亩油菜花里找到那人童年的影踪
于一次擦肩而过的回眸后面感觉到忧伤的沉重
嘘——
那人,已老态龙钟

杏花春雨
燕子微风
那人不说昨日事、今日事、明日事
那人无语
那人的心里有一根青草
任江上明月空照
任梦中白雪飘飘……

不是风

不是风
不是风让整湖的荷花轻轻摇曳
那蜻蜓也无心
他轻盈的翅膀像六月的阳光
安静、透明

柳荫下的草,漠然地绿着
仿佛从此以后再不会相见
而鱼的牵挂
在莲叶之东
又之西
又之南
又之北……
又或许鱼的牵挂
只在鱼的心中

又或许，某年某月某日
有人于夜半突然醒来
若发现有诗句遗落在枕边
请别惊讶——
那是我曾在某世轮回
对着一湖荷花
想象你的影子

整个春天

整个春天
我没有给你写下一个字
没有看你的相片
也没有穿那件蓝色的风衣
远远地　守在你的窗前

就是这样
草儿还是一夜之间就绿了
桃花和李花
争着绽放

五、六只燕子
刚刚捎来半个江南
那柔曼的柳絮就漫天飞舞
像中年以后的日子
有缓慢地仓促

有更清晰地模糊
——整个春天!

整个春天,我
没有为你写下一个字
看光阴
如一块橡皮中的浪子
怀抱着就要用旧了的白纸
混迹人间　无所事事

这些年我已经习惯了在海边眺望

这些年我已经习惯了在海边眺望
西湾里没风,东山上有月亮
这些年
白雪没有一次真正覆盖过海洋
像我的心思
在坚硬的生活面前　总是柔软地
近乎无望

这些年我看过你哭
看过你笑
我不知道哪一个你
会让我更加感觉到自己的衰老
这些年,我把想象放飞成风筝
飞得又高又远的那一只一定是你的快乐
那么它在大风中片刻的摇晃
该是你忽然的迟疑　和淡淡忧伤

人生短暂

不敢轻易动用"永恒"这样的词语

不敢轻易地对这世界说"不"

在海边眺望

所有念念不忘的

我都批准它们更加辽阔

你看

那和海风比赛思念的人

他的心中　必然会多出一个祖国

这些年，我还慢慢地习惯了沉默

是呵

在日夜喧响的海洋面前

一个人的远方

是多么模糊又多么安静啊

在海边眺望

不为你的归来

只为我知道

那个下午　和那个下午的你

都在

日日是好日

日日是好日——
风往南吹
水向东流
三只无忧无虑的兔子
在玩拔萝卜的游戏

青石上有醉卧者
阡陌间
拖着鼻涕的两小儿还在辩日
而夫子不知所去

有时顺着你的手指望
月亮都是有香味的
何况风轻云淡
何况画帘半卷

但有时我只呆坐
不想今夕何夕
甚至不想人间的事情

是故莺飞草长
日日都有美丽的新娘

在微雨的日子遇见一个人

在微雨的日子遇见一个人
是极好的
雨水打湿的时光
会伴着你
一直到老去

在思念的时候遇见云卷云舒
是极好的
那些依依聚散的因缘
会在今后的每个街角
突然出现

在遥远的地方遇见乡音
是极好的
离开故乡，也离开了过往
少有人知的乳名里

倒映出当年青涩的模样

在失眠的夜晚遇见约会
是极好的
生命太短，月亮太远
每一个注视都美好如初恋
每一次脸红都清晰，然后淡如云烟

隔一盏酒

以盏论酒时
饮下的
应该是一窗的灯火了

其实　也可以是饮下一片海
一些涛声
一个远山远水的等待
一朵停不下脚步的云

禾麦青青呵
那人促膝相对
那人面目模糊
那人的呼吸里　隐藏着多少万吨的花粉？

隔一盏酒
隔着一个人已逝的青春

有些悲欢是蚂蚁的悲欢
有些聚散
是世界的聚散

把你的笑声比做银铃

把你的笑声比做银铃
是我少年时代就已掌握的修辞手法了
但是中年以后,我坚信
一首好诗主要是由名词和动词构成
这就像是做人
朴实　真挚
总是让人更愿意亲近

当然,也不是说一首诗
要完全杜绝比喻
比如,作为一个抠门的人
我把你的微笑
比做像银子一样明亮就说得过去
你想想,这种人财两得的美事
和当年的西部歌王王洛宾
请求那个美丽的少女

"带上你的嫁妆领着你的妹妹坐着马车来"
是多么一致呵

不要责怪我的见财起意
不要痛骂我的贪婪近乎无耻
不这样我攒不下满天星星的银币
不这样我老了之后恐怕会孤苦无依
不这样，我身体里的另一个我
必将以迅雷不及掩耳盗铃之势
当场把我打翻在地

所以，一个有思念的秋夜
仅仅是虫鸣和微霜是不够的
加上远山的轮廓也不够
加上清晰的往事也不够
众生都在
只缺你
只缺你的银子
买我的自由，或者真理

不在你身边的秋天
　　——上帝说：要有光，就有了光

不在你身边的秋天
每一片枫叶都敢红得肆无忌惮
这无组织无纪律的美
多像是狭路相逢、猝不及防的思念呵

湖水继续克制自己的蓝
旧长椅空空如也，继续把心事等成孤单
那栏杆上停过蝴蝶也停过叹息
现在，它停着一段时光
用来回忆
或者，用来再次回忆

如果出神是生活的一个顿号
那么我出神时的身影
是不是　又成了幸福的感叹号？

现世安稳,岁月静好

想我一生庸庸碌碌

不是大英雄

却也不是大奸大恶之徒

流芳百世或遗臭万年都是别人的问题了

若有人茶余饭后提起我

不过与你相识前后

各二三事而已

你不是上帝,所以

这朝阳依旧光芒万丈

你不是我弟,所以

这夜饮注定会喝到打翻月光与花香

你更不是我!所以

在秋天,不在你的身边

我有这世间的硕果累累

我有我一个人的

空空荡荡

明月出浙江

明月出浙江
浙江的天空一片幽蓝
连绵的青山在没人的地方背诵台词
他的念白
足以让萤火虫听出弦外之音了

在这温暖的南方
我是一个虚度光阴的人
我浪费过清晨大把大把的鸟鸣
浪费过林叶间露珠一样透明的梦境
——有多少被我辜负了的良辰美景呵

在这温暖的南方
时间一天一天的旧下去
我对一个人的想念
还是那么崭新

明月出浙江

一颗星多么金黄

它的孤单多么明亮

一个人　在温暖的南方

他的前生已经错过了苏小小

他要在今夜　送给钱塘一个

一立方米左右的　海风中的异乡

桃花涧

这涧水一直要蓝到天黑以后
天黑以后
我的喜欢会更深刻　也更鲜明

一树树桃花争着抢着
要把红
渗到你的脸上
我不管
我只这样静静地陪在你身边
我知道——
我已经让满山的蜜蜂都要忌妒坏了

这日子一天一天地在变暖
那些莽撞又好奇的青草们
就要把关于你和我的窃窃私语
变成一场诗朗诵了

我不管
只想这涧水恐怕要蓝到天黑以后
天黑以后
怎么样可以向月亮借一片光
一直洒在你的秀发上

桃花涧,看桃花
看每朵桃花都是一个名字
你不说
我也不说

小家碧玉

倾国倾城的美丽
消受不起——
鱼沉雁的天空
雁落鱼的水面
人间的美
为何　要从自然中突围？

众里寻她
寻一个普通人家
普通人家珍贵的石头
贴心贴肺　贴正常的血压
就让二十多年的灯火阑珊一把吧
捧一碗馄饨　蓦然回首
她去结账的身影
多么动人

慢说东风夜放花千树

也慢说　口齿不清东风破

今夜　一寸月光添一分胆色

偷香和窃玉

自有八千里山河　暗中助我！

唱歌的人在歌声之外

唱歌的人在歌声之外
折柳的人在杨柳之外

我有一根哨棒
不打虎
也不打狗撵鸡
我只拿着

我有两坛好酒
不待客
也不自斟自饮
我只藏着

你送我那天
你我在离别之外
而道路
在你我之外

黄昏的渡船运载着夕阳

黄昏的渡船运载着夕阳
他的彼岸　是九月
那蔚蓝的天空正思念着海洋

红尘中的树木
不能免俗
他有着乡野的绿
也有着城市的孤独
在秋天
绿和孤独　都比果实更加容易迷路

看星星的晚上
我也有过梦想
关于遥远的将来
关于美丽的姑娘

那青石的栏杆　或许还亲近过她的心房
但是
但是秋风已吹透了万物的胸膛

槐花飘落的夜晚

槐花飘落的夜晚
月正圆

山谷里有人吐气如兰
西窗下有人轻叹

桂花开在清晨
梅花开在雪边

槐花飘落的夜晚
是月亮的一次出神——
在思念
和非常思念之间

隔壁的钢琴声带来夜晚

隔壁的钢琴声带来夜晚
都是些旧事了。风呵
你想把两个人的细语
都染上月光下海洋的颜色吗

闭上眼睛,我还是不能清晰地看到她
我已经适应了!风呵
你想让一个人的背影
成为我青葱岁月里全部的回忆吗

关于爱情　关于命运
关于这尘世里的坚持或者沉沦……风呵
我从来不比一只蝴蝶懂得更多
我醒来
我注定将会进入　谁的梦境?

最后一夜我要写到露水

最后一夜我要写到露水
写到一颗露水摇晃着的
缓慢的光阴　和辽阔的寂静

就像整座森林承受不住
几朵野花的轻。就像青草没有年轮
她纤细的腰肢
折服了蔷薇河的多少个日出和黄昏
最后一夜
如果有叹息就让它长成竹节吧
如果有缠绵　那抵死的温柔能不能换来松风阵阵？

最后一夜我要写到露水
天快亮了
大地在一颗露水下面睡得安详
你　在我身边

星空旋转
像喧闹的海洋……

深林寂静

深林寂静
麋鹿谛听
几只名叫光阴的松鼠
在运送树影

老僧入定
木鱼操心
恒河沙数的众生里
哪个
是再来的观音?

千劫刹那
转眼芳华
在西湖之畔
一场雨
仍在寻找一柄伞

雨夜还家

雨夜还家
有中年的况味如灯
闪耀在窗下

昔年见山是山
又或不是
又或牧牛的童儿
短笛横吹里
漏出些白衣女子的消息

雨夜还家
悲与欣
兼而有之

那担水的和尚在对岸
是哪一世的罗汉?

这个夜晚之后明月不再

这个夜晚之后明月不再。
鱼跃出水面
它为谁提前送来
那些遥远岁月之后的情书?

我是一个盼望天下所有的筵席
永远　都不散的人
却没有海量——
我饮清风已是微醺
至于长谈
更加沉醉不醒

或许一杯咖啡的苦才是生活真正的滋味
或许,二十九楼上的电梯间里
似曾相识的一笑
才是故乡的果园中

那一树少年的苹果花

可是
可是此去已然经年呵
此去
已然良辰　已然美景
已然有老树枯藤
傍古道，在夕阳下
絮絮地闲话着　那谁的风情

深山多出俊鸟

深山多出俊鸟
暗夜时见白狐
彼时有个年少的僧人
满腹心事
瞒不过那只木鱼

壁上罗汉爽朗
殿前银杏金黄
偶尔有个秀美的女子
婷婷袅袅
也仿佛俗世的观音

还记得那年给你写信
写永远也不会寄出的信
还记得那年不知道你的名字
直到现在
也不知

我在窗下写情诗

我在窗下写情诗
那云游的僧人
正弯下腰
背一美貌女子涉水过河

一花一叶都是春的意思
两只旁若无人的猫
把瓦檐上的月光
踩得乱如飞絮

什么是我遇见你以前的本来面目？
——那梅子黄熟时节
风也如风
雨也如雨

一星朗照

逝水滔滔
那个我至今仍在窗下写情诗呵
那个你在远方一笑
所有迟到的花儿们
脸，就都红了

弯月如刀

弯月如刀
众星喧嚣
那守着古佛青灯的老僧
他的蒲团上
似有白莲轻笑

如果此刻
你能于翠竹黄花间
现出婀娜的身影就好了
如果此刻
你能于隽永的茶香中
说出梦里的相逢就好了

谁与雪山同眠
相互温暖
谁与落草为寇

挥霍自由

我总是那个被前世放逐的落魄书生呵
没有黄金屋、没有颜如玉
没有喜马拉雅山一样的热爱
却紧紧地怀抱着
也仅仅怀抱着　一粒米一样的恨
任时光的锋刃　收割我
悲欣交集的人生

提前一千年出生的那个人

提前一千年出生的那个人
他现在哪里
推迟一千年出生的那个人
他现在哪里
夜深人静的时候
偶尔　我也会迷茫——
在今生经过这世间的自己
来自哪里？还要去哪里？

如果不能不提到那场雨
又何妨，顺便提提伞的事
如果不能不提到那面幡
又何妨，顺便提提风的事

可更多的时候
是一弯新月久已如钩

却无人,独上西楼

那打马如飞风雨兼程的人
还在路上吧

谁的窗下,梅花开了
隔船相问
江水悠悠

这一天

这一天宜饮酒,宜读经
宜在蓝天白云下面
做一个散淡的人
这一天,蝴蝶有蝴蝶的前世
蜻蜓有蜻蜓的今生
这一天那谁的脚步轻柔如梦
这一天宜爱上老虎
这一天　也宜爱上武松

这一天清风不问候流水
这一天大海不表白自己的蓝
这一天,宜焚香、独处
宜在内心计算你的归期
宜让沉重的肉身香烟般袅袅——
那么东山后面的月亮和你家门前的莲花
又是谁拈住了谁的　破颜一笑?

那在尘世中幸福地历尽沧桑的人呵
这一天，宜原谅我
宜原谅我的卑微、我的落魄
原谅我无法放下的种种执着
原谅我　无怨无悔地爱着！

这一天，峰顶宜有苍松喃喃自语
那些前朝旧事
已经是青山之外　关于英雄和美人的
遥远的传说了……

古离别

少年在柳荫里系马
他的白衣飘飘
舞动绣楼上的心事　和天涯

春来无事。所以多出桃花
多出燕子　多出流水
也多出落霞……
这美景良辰
快呵——
可惜了秋千架旁　那人不在

一川的烟草是墙
满城的飞絮是墙
庭院深深
再深，就深到墙外的歌声里了

一转眼
三十八啦
真不好意思　再提自己
只好说：
快看快看
那还乡的少年　是不是
孔灏的儿子

我们在观音山上拜观音

我们在观音山上拜观音
我们看到娘娘的手中杨柳青青呵
我们就低眉垂首
都去想:自己这尘世中的飘摇
是否,也如那没有依止的杨柳

我们的身后是多么南方的蓝天白云
这一生,我们注定
要在异乡虚掷多少光阴?
那个扑闪着大眼睛的东莞少女
她看着我们拜观音
那一抹浅笑又会是谁的海潮音呵
她沉默,是不是也想起了自己
隔山隔水的前生

观音山上,庄严德相

在观音山上停下来的观音
停不下手中,那倾斜的净瓶
而我们步履匆匆
而我们风过无痕
而我们
我们的哪一次经过不是通向离别——
我们在观音山上拜观音呵
如果此时,如果此时我们真的倒空了欲望和仇恨
我们能不能成为一只储满爱和智慧的净瓶?

我们在观音山上拜观音
两只蝴蝶,他们抓不住这如此浩大的红尘
只对着满树的繁花深施一礼
便翩翩地飞去,且没有一点点的留意

这一生我想做一个最俗的俗人

这一生我想做一个最俗的俗人
我还想成为这个世界上最富有的人
这样,我就可以有更多的能力
帮助那些在星空下露宿的人

在香港浅水湾
我看到长寿桥上刻着"过桥一次延寿三天"的文字
就久久不愿离去
我多么希望这是真的!
然后我就在这桥上过十亿次
一亿次为父亲
一亿次为母亲
一亿次为妻子
一亿次为儿子
剩下的六亿次为那些爱我和我爱过的人们
为那些恨我的人,我对之心中有愧的人

我想在白发苍苍的时候
能和他们成为　一起细说往事的朋友

人生苦短
恋爱中的蜜蜂总是缺少足够大的花园
我们也一样
这一生，我要心安理得地做一个最俗的俗人
作俗人作的爱
写俗人写的诗
直到有一天做不成俗人了
也要告诉儿子：到我的坟前看我时
就烧一本我自费出版的诗集吧
看那些灰飞烟灭中的诗句呵
正闪耀着，我留给这尘世之上的
最后的　人间烟火

后　记

　　从十几岁时习诗以来，我就一直想出一本纯粹的"情诗"诗集。可是，每每总是因缘不足，未能如愿。如是者多年，晃晃荡荡蹉跎度日，忽忽就到了半百之龄——却原来自己，竟有了偌大的年纪了？

　　五十岁，对于孔子他老人家来说，是"知天命"之年，这当然是圣人的境界。不过，即使是平庸如我辈者，按《礼记》所说：那也是"杖于家"之年了。我以为，这"五十杖于家"者，当和"六十杖于乡，七十杖于国，八十杖于朝"一样，既是一种礼遇，更是一种提醒：提醒那个拄杖之人，因了不同的年龄阅历固然赋予了你在不同范围内拄杖的礼遇，但是，你自己可要明白：自己的德行能力，到底具不具备相应的，让一家、一乡、一国，乃至一天下之人有所倚仗的水平？换个说法，对于一个诗人来说或者应该这样问：写诗写到了五十岁上，你的诗歌，能让你的家人和亲朋好友们读了之后有些许的欣慰、些许的自豪，从而在情感上对你有了些许的倚仗吗？

　　很惭愧！我没有这样的把握。所以，我更要抓紧时间让这本纯粹的"情诗"诗集早日出版。因为，我想让我爱的人和爱我的人都能知道：我有一颗怎样的、爱他们的心。

古德有云：闻佛语，如闻冤家语。我以为，这里的"冤家"者，又有二意：一可解为和自己至亲至爱之人；一可解为和自己仇深似海（用周云蓬歌《不会说话的爱情》中语）之人。这两种人讲的话，必然，都是记忆深刻、铭记在心的。由"闻佛语，如闻冤家语"而入，不断地让佛言佛语充满了自己的内心，久而久之，可以终于把自己的昏乱虚妄之心转化成佛的慈悲智慧之心；自然，也可以终于将自己的昏乱虚妄之言行转化为佛的慈悲智慧之言行。那个时候，成佛，还难吗？

所以，写情诗，就是写"冤家语"：写你的"冤家"说给你听的话，写你说给你的"冤家"听的话，也是写"佛"代表你的"冤家"说给你听的话，也是写你代表"佛"说给你的"冤家"听的话。于是，你和你的"冤家"相互是"佛"，相互护佑；于是，自必有"无限事""无尽意""无穷世"可说！于是，由"杖于家""杖于乡""杖于国""杖于朝"，乃至"杖于宇宙"，又有何难？

若真说不难，其实也不易！当年，庞大士说：难！难！难！十担麻油树上摊。他的夫人庞婆听了，说：易！易！易！百草头上祖师意。他们的女儿灵照听了，接口道：也不难，也不易！饥来吃饭困来眠。这一家三口，说的都是佛法的要旨，也说的都是"冤家语"、痴情意，是人世的好风景，是修行的真现实：光有想法可不成，要有行持，有证悟！

一个挂杖于家之人，面对着自己前半生的心思和情意，激励着自己：努力、努力、再努力，努力地用后半生的时间，让那些爱，

/ 217

更温暖,更真实!

  是为记。

2018年5月10日